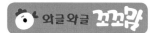

달려라 세발 자전거

가로쿠 공방 글·그림 | 김난주 옮김

꿈소담이

"엄마, 엄마, 일어나."
병아리들의 목소리에 꼬꼬맘이 잠을 깨자,
병아리들은 새로 산 세발자전거로
우르르르 몰려갔어요.

"내가 먼저 탈 거야."
"내가 먼저지."
병아리들이 자전거 한 대를 가지고
아옹다옹 야단이 났어요.
"이를 어쩌나……,
다 같이 탈 수 있는 방법이 없을까?"
꼬꼬맘은 생각에 잠겼어요.

5

"그렇지, 그럼 되겠네."
꼬꼬맘은 약상자를 들고 와
세발자전거에 연결했어요.

그런데……, 저런 저런.
상자가 작아서
다 같이 탈 수가 없어요.

"이 정도면 탈 수 있을까?"
이번에는 커다란 종이 상자를
들고 왔어요.

그런데……, 저런 저런.
종이 상자가 찢어지고 말았어요.
실망한 병아리들은
힘이 쭉 빠졌어요.

"옳거니, 이번에야말로!"
꼬꼬맘이 집 안에서 깡통을 잔뜩 들고 나왔어요.

그렇게 꼬꼬맘 최고의 걸작
줄줄이 깡통 세발자전거가 완성되었어요.
"와, 멋지다! 좋아, 이제 출발!"
병아리들은 신이 나서 깡통에 올라탔어요.

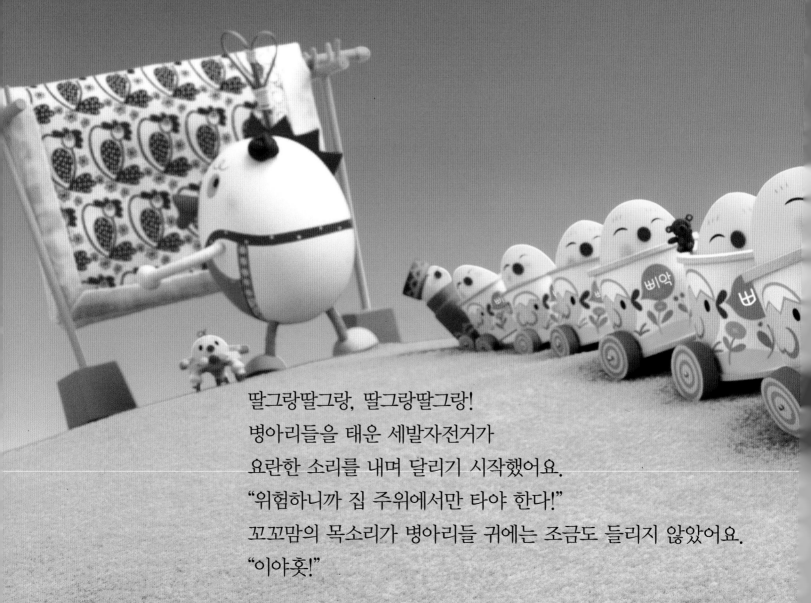

딸그랑딸그랑, 딸그랑딸그랑!
병아리들을 태운 세발자전거가
요란한 소리를 내며 달리기 시작했어요.
"위험하니까 집 주위에서만 타야 한다!"
꼬꼬맘의 목소리가 병아리들 귀에는 조금도 들리지 않았어요.
"이야홋!"

병아리들을 다 떨어트린 세발자전거는,
끝내 어디론가 사라지고 말았어요.

딸그랑딸그랑, 딸그랑딸그랑.
세발자전거가 바닷가에 와서야 겨우 멈췄어요.
"와, 진짜 신 났어.
어, 채소가게 아저씨다."

"아니, 꼬꼬맘네 병아리 아니냐.
그런데 여기까지 혼자 온 거니?"
"네? 혼자요?"
아저씨 말을 듣고서야 겨우
다른 병아리들이 없다는 것을 알았어요.

그 무렵,
"어떻게 된 거야.
하나가 없잖아?"
꼬꼬맘은 없어진 병아리를 찾느라
여기저기를 정신없이 돌아다녔어요.

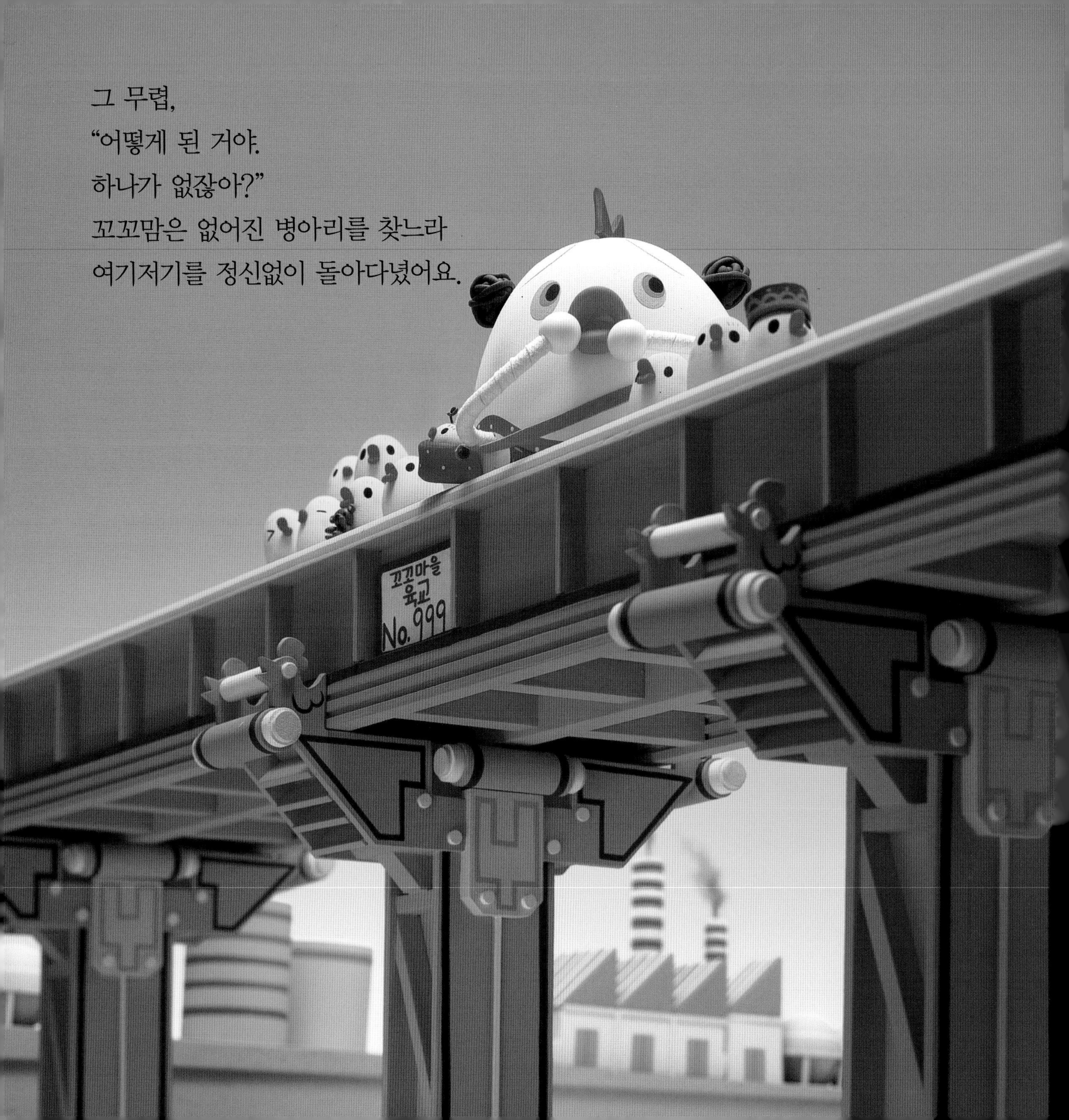

그때, 세발자전거를 탄 병아리가
끼익끼익 돌아왔어요.
"엄마!"

"무사해서 다행이구나.
엄마가 멀리 가면 안 된다고 했는데."
꼬꼬맘이 그렇게 말했을 때……

삐쭈 삐쭈 쭈파!!
"꺄악! 이게 뭐야?"

"선물!
바닷가에서 토끼 가게 아저씨가 주셨어요."
병아리가 자랑스럽게 말했어요.

"어머나, 고마워라.
얘들아, 집에 가서 문어빵 파티 할까?
다른 병아리들도 신이 나서 싱글벙글.

꼬꼬맘, 병아리가 무사해서
안심했나 보네요.

지은이 | 가로쿠 공방

니시야마 가즈히로, 뒷마당의 가로쿠 공방.
나무와 점토를 사용해서 작업하고 있어요. 작품에는 『소중하게 간직하고픈 12가지 인형극 명작 보물상자』, 『언어 북 부타르 씨의 집』 등이 있어요.

옮긴이 | 김난주

옮긴이 김난주는 우리 문학과 일본 문학을 두루 공부하고 지금은 일본 문학을 우리말로 옮기는 일을 하고 있어요.
어린이들을 위해 옮긴 책은 『도토리 마을의 빵집』, 『까만 크레파스』, 『난 등딱지가 싫어』, 『백만 번 산 고양이』, 『치로누푸 섬의 여우』, 『난 형이니까』, 『해피 아저씨』, 『아빠의 손』 등 아주 많답니다.

와글와글 꼬꼬락
달려라 세발 자전거

2013년 5월 20일 초판 1쇄 펴냄

펴낸곳 (주)꿈소담이 | **펴낸이** 김숙희 | **글·그림** 가로쿠 공방 | **옮긴이** 김난주
촬영 조시가야 스튜디오 | **디자인** 교다 크리에이션 | **로고디자인** LAD, design 요시무라 | **한국판로고디자인** (주)지앤지엔터테인먼트

주소 136-023 서울특별시 성북구 성북동 1가 115-24 4층 | **전화** 747-8970 / 742-8902(편집) / 741-8971(영업)
팩스 762-8567 | **등록번호** 제6-473(2002. 9. 3)

홈페이지 www.dreamsodam.co.kr | **전자우편** isodam@dreamsodam.co.kr | **북카페** cafe.naver.com/sodambooks

ISBN 978-89-5689-875-9 64830
ISBN 978-89-5689-869-8 64830 (세트)

● 책 가격은 뒤표지에 있습니다.
● 꿈소담이의 좋은 책들은 어린이와 세상을 잇는 든든한 다리입니다.